Blumenbar

IMPRESSUM

Wir danken DOS HERMANOS und GUTFEELING für die Anregung zu diesem Buch.

Trotz erheblicher Recherche konnte der Rechteinhaber nicht ermittelt werden. Der Verlag ist für jeden Hinweis in dieser Sache dankbar und hinterlegt die Tantiemen.

Die Rechtschreibung folgt der Originalausgabe von 1963.

2. AUFLAGE 2007

COVERILLUSTRATION + ILLUSTRATIONEN IM BUCH:
Maleen Pacha, übernommen von der Originalausgabe des Buches, erschienen im Kreisselmeier Verlag, München 1963
COVERGESTALTUNG, LAYOUT, TYPOGRAFIE + SATZ:
die Sachbearbeiter.innen, Chrish Klose
NACHWORT: Daniel Kappla

PRINTED IN GERMANY
ISBN 978-3-936738-28-5

>> www.blumenbar.de / >> look@blumenbar.de

WALTER RUFER

DER HIMMEL IST BLAU
ICH AUCH

SCHWABINGER TAGEBÜCHER

BLUMENBAR VERLAG

DAS ERSTE JAHR

1. JANUAR

Kater.

2. JANUAR

Um zehn erwacht
und gedacht:
Noch etwas liegen bleiben
und sich mit liegen bleiben
die Zeit vertreiben.

3. JANUAR

Spät erwacht
und gedacht:
Noch etwas liegen bleiben
und dann über das liegen bleiben
schreiben.

4. JANUAR

Zu lange liegen geblieben
und nichts über das liegen bleiben geschrieben.

5. JANUAR

Abends nette Leute getroffen,
mitgegangen, mitgesoffen,
frühmorgens nach Hause gewankt
und dem Schicksal gedankt.
(Keine Ahnung wofür.)

6. JANUAR

Um zehn erwacht und
gedacht,
daß ich dies und jenes wollte,
eigentlich um acht erwachen sollte.
Über des Lebens Sinn nachgedacht,
um zwölf zum zweitenmal erwacht.

7. JANUAR

Nachmittags Bier getrunken
und dann in Gedanken versunken
(ich weiß nicht wie tief,
oder ob ich schlief?).

8. JANUAR

Wieder eine Nacht
durchgemacht.

9. JANUAR

Den Schneeflocken beim Schneien zugeschaut
und auf dem Parnaß ein Luftschloß gebaut.

Abends siehe gestern,
lernte zwei entzückende Schwestern
leider nur flüchtig kennen.
(Ging einsam pennen.)

10. JANUAR

Tollen Traum gehabt,
mich den ganzen Tag dran erlabt:
Bekam den Nobelpreis für Literatur
für einen einzigen Aufsatz nur,
und der war noch nicht einmal fertig geschrieben.
Vor lauter Freude liegen geblieben
und weiter geträumt.
Ohnehin nichts versäumt.

Abends siehe gestern.

11. JANUAR

Hatte wieder denselben Traum,
traue meinen Träumen kaum.

12. JANUAR

Wecker gekauft.
Habe ihn Traumrausschmeißer getauft.

13. JANUAR

Tief empört.
Wecker nicht gehört.
Zum drittenmal den Nobelpreis bekommen
und ihn mit Freude entgegengenommen.

14. JANUAR

Der König von Schweden
konnte nicht zu Ende reden,
der Wecker schmiß ihn raus,
der Preis blieb diesmal aus.

1. SEPTEMBER

Was ist der Pappel?

17. SEPTEMBER

Alten Freund getroffen,
sinnlos gesoffen,
in einem Rinnstein erwacht
und über den Sinn des Rinnsteins gedacht.
(Nichts von Bedeutung herausgebracht.)

31. DEZEMBER

Meine Werke sind noch ungeschrieben.
Den Nobelpreis hab ich abgeschrieben.

(Beim Krämer hab ich angeschrieben.)

DAS ZWEITE JAHR

1. JANUAR

Wo bleibt das Glück?

2. FEBRUAR

Schreibmaschine versetzt,
auf Bank gesetzt
im verschneiten Englischen Garten,
um auf das komische Glück zu warten.
Glück nicht gekommen.
Zwei Kilo abgenommen.
Mich aber dann zusammengenommen
und wieder von Selbstmord abgekommen.

5. FEBRUAR

Mit letztem Geld Schweinshaxe genossen,
auf dem Heimweg durch Schwabings Gassen
mich entschlossen,
Bart wachsen zu lassen.

6. FEBRUAR

Wagte einen Tanz
mit einem entzückenden Pferdeschwanz.
Er hieß Marie.
Und war auch sonst sehr heilig.
(Wir hatten es furchtbar eilig.)
Eine wilde Nacht . . . . .

8. FEBRUAR

. . . . hat uns um den gestrigen Tag
gebracht.

17. FEBRUAR

Wir lieben uns, Marie und ich,
wir lieben uns ganz fürchterlich,
und so haben wir kurz entschlossen
eine wilde Ehe geschlossen.

21. FEBRUAR

Wir konnten uns noch nicht entschließen,
wo wir die Wilderer=Wochen genießen.

25. FEBRUAR

Wir liebten uns, Marie und ich . . .

3. MÄRZ

. . . wir liebten uns ganz fürchterlich.

4. MÄRZ

Wir lie . . . . .

5. MÄRZ

Wir schliefen bis Sonnenuntergang,
dann überkam uns des Schöpfers Drang.
Mariechen malte mich beim Dichten,
das nennt man in der Kunst: Verdichten.

6. MÄRZ

Meine mir wild angetraute Marie
hat einen Paps in der Stahlindustrie.
Ich dichte und sie malt
und der Stahlpapa bezahlt.

7. MÄRZ

War mit Mariechen im Kino,
und anschließend beim Vino
(in veritas).
Sie fragte:
Wer ist das?

2. APRIL

Es öffnen allerorten
die Espressos ihre Pforten.
Jetzt sitzt man wieder auf bunten Stühlen,
ringt mit den Händen nach Worten
und wühlt in gemischten Gefühlen.

3. APRIL

Marie malte von mir einen sitzenden Akt,
da hat sie die Leidenschaft gepackt.
Dieses Bildnis
nennt sie „Wildnis".

5. APRIL

War heute fleißig wie eine Biene,
ich reinigte die Schreibmaschine.

6. APRIL

Damit sich die Reinigung auch lohnt,
ausschließlich die Schreibmaschine geschont.

8. APRIL

Schrieb eines Gedichtes erste Zeile
nach dem Motto: Gut Ding braucht Weile.

9. APRIL

Nach dem selben Motto
soff ich heut' mit Otto.

12. APRIL

An Joachim Ringelnatz:

Mancher berühmtere war keiner.
Du aber warst einer.
Ein was?
Eben das.

13. APRIL

Habe einen Arzt gefragt,
was er zu meiner Gesundheit sagt.
Die Antwort lautete (Gott sei Dank):
Keine Spur von managerkrank.

14. APRIL

Wurde verpackt
als „sitzender Akt".
Wir brauchten dringend Geld,
also wurde ich ausgestellt.

15. APRIL

Mich hat im Traum ein Nilpferd geküßt
(wenn das mein süßes Mariechen wüßt'!).
Es hat mich zwar etwas angewidert,
aber ich habe den Kuß erwidert.

16. APRIL

Mariechen malte einen Dackel,
sie pinselte und pinselte
und das Tierchen winselte.

26. APRIL

Das Bildnis
„Wildnis"
verkaufte sich schnell,
die Käuferin fand es so sexuell.

27. APRIL

Unserer wilden Ehe geht's gut.

30. APRIL

Vom ewigen Föhn etwas müde und matt.
Ob sie mich wohl schon aufgehängt hat?
Dieser Gedanke ist gräßlich,
war den ganzen Tag unpäßlich.

1. MAI

Tag der Arbeit (endlich).

2. MAI

Mein Akt=Komplex wird immer schlimmer,
häng' ich gar im Kinderzimmer?

1. JUNI

Dachte sehr lange
über den Lebenslauf einer Schlange:
Sie hat gar keinen,
denn sie läuft ja nicht auf Beinen.
Sie schleicht und ringelt sich,
ihr Lebenslauf ist ein Lebensschlich.

2. JUNI

Bier gekippt
Kaffee genippt
Toto getippt
Zeitung gelesen
Grad schön war's gewesen!

3. JUNI

Mitten auf dem Feilitzschplatz
küßt ein Neger seinen Schatz.
Tausendundein Schwabinger
deuten mit dem Zeigefinger.

4. JUNI

Jenes Nilpferd, das mich neulich küßte,
hat noch ganz andere Gelüste.
Seine Ambition:
Eine Karriere als Spring=Champion.
Das Nilpferd erreichte niemals sein Ziel,
es sprang zwar schon – aber zurück in den Nil.

5. JUNI

Denke viel zu viel
an den Nil.
Wäre noch zu erwähnen,
das Wasser des Nils
besteht aus Krokodils=
Tränen.

8. JUNI

An mein fernes Akt=Sein gedacht.
Was wohl die Dame mit mir macht?

9. JUNI

Mein Bart wird lang und länger
und mir wird bang und bänger
als Sitzakt=Kinderzimmer=Hänger.

8. JULI

Abends einem Freund die Hand gerüttelt
und dem Halbmond die Sichel geschüttelt.

17. JULI

Ein von mir noch gar nicht geschriebenes Buch
kam heute nacht unangemeldet auf Besuch.
Es flatterte mit den Seiten
als wollte es mit mir streiten.
Schade ist nur gewesen,
es ließ mich nicht in ihm lesen.

18. JULI

Mariechen stand, nein, saß, nein, lag
im Bett den ganzen geschlagenen Tag.
Ich dichtete ein Sonett
(Mariechen fand's so nett).

19. JULI

Nachts am Chinesischen Turm
verfolgte ich einen Glühwurm.
Er wollte den Turm erklimmen,
da ließ ihn das Schicksal verglimmen.

20. JULI

Tiefbeglückt
frühgestückt.
Maschinenschontag eingeschaltet,
faulgelenzt und Freizeit gestaltet.

21. JULI

An Poeten
ohne Moneten:
Ohne Tasten
müßt ihr fasten.

22. JULI

Alter Schwabinger Zeitungsverkäufer,
was bist du für ein großer Säufer!
Du säufst
und läufst
und seufzt
und schneuzt,
o alter Schwabinger Zeitungsversäufer!

3. AUGUST

Ein Pferdeschwanz=Madl
fiel vom Radl.
Es bluteten ihre Wadln
vom unvorsichtigen Radln.
Mir tat die Maid
unendlich leid.

10. NOVEMBER

Der Wind trug meine neue Mütze
von meinem Kopf in eine Pfütze.
Kaum war ich bei der Pfütze dorten,
trug sie ein neuer Windstoß forten.
Er trug sie zum Trocknen auf eine Linde:
Das ist die Weisheit der himmlischen Winde.

11. NOVEMBER

Im Schaufenster steht eine Dose,
gefüllt mit Bratensauce.
Die Dose döst
vor sich hin
(denn das ist ihres Dosendaseins
Sinn).
Willst du die Dose
vom Dösen
erlösen,
mußt du sie kaufen
und ihren Inhalt saufen.

12. NOVEMBER

Sie ging nach Baden=Baden zum Baden,
doch anstatt in Baden=Baden zu baden,
spielte die Dame dort mit einer Dame Dame.

13. NOVEMBER

Warum spricht man vom menschlichen Ge=schlecht,
und nicht vom menschlichen Ge=gut?
Der Ausdruck ist schon recht –
wenn man bedenkt, was der Mensch so alles tut.

30. DEZEMBER

Ein Yes im Westen, ein Njet im Osten
kann diesem Jahrhundert das Leben kosten.

31. DEZEMBER

Was ist der Pappel?
(Verliert Blätter.
Ungeschriebene.)

DAS DRITTE JAHR

1. JANUAR

Ich kann so vieles nicht verstehen . . .

2. JANUAR

Ein Geständnis Mariechens gab mir den Rest:
Ihr saß ein Grieche Modell als Orest,
und mit diesem gräulichen Griechen
betrog mich mein süßes Mariechen.

3. JANUAR

Eine himmeltraurige Nacht
als betrogener Mann verbracht.
Auch in einer wilden Ehe
tun einem solche Dinge wehe.
Endlich faßte ich mir ein Herz
und dachte an die Iden des März.

4. JANUAR

Mariechen und ich sind wieder versöhnt.
Wie schnell man sich doch an alles gewöhnt.

6. JANUAR

Der gestrige Tag fand leider nicht statt,
weil ihn ein Tagedieb gestohlen hat.

7. JANUAR

Auf dem Kleinhesseloher See
liegt auf dem Eis viel Schnee.
Ich freue mich auf die Zeit der Kähne
und der schneeweißen Schwäne.

8. JANUAR

Einen großen Strauß Eisblumen gepflückt
und damit mein süßes Mariechen beglückt.

3. FEBRUAR

Von Stahlpapa ist Geld eingetroffen.
Wir haben uns wieder mal gründlich besoffen.
Hinterher gedacht,
so eine Schwabinger Nacht
ist ungeheuer
teuer.

17. FEBRUAR

Fünfhundert törichte Toren,
welche noch nie einen Sieg erkoren,
sind durch das Siegestor geschritten.
(Ich war in ihrer Mitten.)

28. FEBRUAR

Unsere Vorfahr'n haben schon weise gewaltet,
Kinder, morgen wird wieder geschaltet!

29. FEBRUAR

Wo ist der Hebel,
mit dem man ein Schaltjahr schaltet?
Ich weiß es nicht.
Ich hielt meine Hände gefaltet
und wartete mit Haltung
auf die große Schaltung.

1. MÄRZ

Erstes Dixie=Gedröhn.
Ansonsten Föhn.

4. MÄRZ

Mariechen malte einen Chinesen,
diesmal bin ich dabei gewesen.
Weil ihr die gelbe Farbe ausging,
kommt morgen nochmals dieser Tsing=Tsing.

24. MÄRZ

Eine richtige, echte Tiroler Gemse
schwamm heute morgen durch die Themse.
Die Engländer sahen noch nie so ein Ding
und schrien entsetzt: God save the King!
Wissenschaftler und Forscher berieten:
Wie kommt so ein Tier aus Tirol zu den Briten?
Das Resultat klingt fast banal:
Die Gemse schwamm durch den Kanal.

26. MÄRZ

Die Schwabinger Jugend zeigt den Fremden
den Anblick ihrer schmutzigen Hemden.

27. MÄRZ

In Schwabing steht ein Verkehrsschutzmann,
welcher fürchterlich schimpfen kann.
Man sollte ihn endlich impfen
gegen das grausame Schimpfen.

28. MÄRZ

Er: Wo kommst du her, mein Schatz?
Sie: Direkt vom Herkomerplatz.

29. MÄRZ

Zwei Mädchen, beides Aktmodelle,
tranken auf die Schnelle
zwei frische, halbe Helle.
Könnte ich sie bezahlen,
würde ich sie malen.

31. MÄRZ

Ausgemerzt.

1. APRIL

Arbeitete heute ohne Pause sieben Stunden und elf
Minuten,
die Russen rüsten ab, die Herzallerliebsten, Guten.
In Deutschland wurden sämtliche Uniformen ver=
brannt,
das Schreckgespenst Krieg wurde endlich gebannt.

2. APRIL

Ernüchtert festgestellt:
Alles beim alten auf der Welt.

27. APRIL

Unter Schwabings Sternchenhimmel
hat jeder seinen eigenen Fimmel.

7. MAI

Mariechen hat bittere Tränen geweint,
weil ihr ein Lächeln, das sie malt,
zuwenig gelungen erscheint.

8. MAI

In Schwabings Gemäuer
haust seit heuer
ein bärtiges Ungeheuer
und dieses bezeichnet sich unverblümt
als berühmt.
Doch keiner kennt es,
will man's besuchen, pennt es.

10. MAI

Ein Papagei fiel von der Stange,
es muß im Schlaf gewesen sein.
Es blutete die rechte Wange,
gebrochen war das linke Bein.
Er starb, wer hätte das gedacht,
noch in der bösen Unfallnacht.
Auf seinem Grabstein steht zu lesen:
Es stirbt, wer nicht mehr kann genesen.

11. MAI

Einer Kröte ging was flöten,
das freute sämtliche lieben Mitkröten.
Das Tier begann, in Gedanken versunken,
ganz jämmerlich zu unken.
Man sieht, auch eine Kröte
hat ihre lieben Nöte.

12. MAI

Ehe sie eine Ehe war
war ihre Beziehung wunderbar
und dann:
nur noch dann
und wann.

13. MAI

Eine Träne lief
(als sie schlief)
langsam und bange
über ihre Wange.
Ich weckte sie und fragte,
was diese Träne soll,
worauf sie mir schlaftrunken sagte:
Ich träumte gerade in Moll.

17. MAI

Was sich liebt das liebt sich
trotz Paragraph hundertfünfundsiebzig.

10. JUNI

Mariechens sämtliche Bleistifte gespitzt,
enorm geschwitzt
und am Ende noch Farbe verspritzt.

13. JUNI

Ich träumte einen Traum
von einem Lindenbaum,
welcher vor Wut geschäumt
und sich aufgebäumt.
Weil Bäume sich niemals aufbäumen,
weiß ich jetzt, daß Träume schäumen.

14. JUNI

Im Bahnhof –
wird vorwiegend ein= und ausgestiegen,
das soll in der Natur der Sache liegen.
Steigt man ein, fährt man fort,
steigt man aus, ist man dort.
Die Begrüßung für jeden Passagier
ist das Bahnhof=Ganoven=Ehrenspalier.
Verläßt man den Bahnhof dann glücklich und froh,
da winkt schon ein Schild: Besucht unsern Zoo.

15. JUNI

Lange stand ich vor den Affen,
doch das gegenseitige Begaffen,
Beschauen, Bestieren, Beglotzen
fand Aff und ich derart zum Kotzen,
daß wir uns den Rücken kehrten
und von der Erinnerung zehrten.

16. JUNI

Musenliebeszungenkuß.

18. JUNI

Ein Gedanke ließ mich nicht mehr los:
Was tat Napoleon bloß
ohne Telefon
und Diktaphon?

1. AUGUST

Im Selbstbedienungsladen.

Ertappte zwei Schurken
beim Klauen von Gurken.
Der Geschäftsführer hat mich gelobt,
die Schurken haben getobt.

2. AUGUST

Gestern hat einer die Zeche geprellt,
das heißt: er bezahlte mit Fersengeld.

3. AUGUST

Die Morgenpost brachte mir einen Brief
– ein Angebot als Detektiv.
Meine Antwort lautete: Mitnichten,
ich bleibe vorerst noch beim Dichten.

5. AUGUST

Marie beim Malen zugeschaut,
meinen Augen nicht getraut:
Sie malte einen schwarzen Schimmel
unter einem grünen Himmel.

6. AUGUST

Ein Offizier ist durch Schwabing gewandelt,
er hat das ganze Bild verschandelt.

7. AUGUST

Man hat's nicht leicht, denkt sich das Rind,
hat man ein dummes Kalb zum Kind.

8. AUGUST

Im Bette lag ick
und grübelte über die Tragik:
Ein verliebtes Schneckenpaar
hat sich im vergangenen Summer
aus lauter Liebeskummer
in einer Mondscheinnacht
umgebracht.
Man fand die beiden später
zwar tot, doch tête=à=têter.
Der Vollmond lächelte kitschig,
die Schnecken waren glitschig.

9. AUGUST

Im Bette liegend überlegt,
wer wohl meine Werke verlegt?

17. AUGUST

Kommen Freunde auf Besuch,
leihen sie sich meist ein Buch,
und diese Bücher zieren dann fast immer
auf Lebenszeit der Freunde Zimmer.
Mein eigenes Regal jedoch
zeigt niemals nicht ein leeres Loch,
auch ich geh' schließlich auf Besuch
und leih' mir eben auch ein Buch,
welches dann fast immer
auf Lebenszeit mein Zimmer . . .

18. SEPTEMBER

Ein ausgedienter Eunuch
veröffentlichte sein Tagebuch.
Mariechen sollte es illustrieren.
Sie sagt, sie würde sich genieren.

19. SEPTEMBER

Drei basstimmige Schwabinger Lesbierinnen
saßen in einem Lokale drinnen,
sie schwatzten, tranken Bier und lasen
und schneuzten die Lesbierinnen=Nasen.

29. DEZEMBER

Was ist der Pappel?
Psst.

30. DEZEMBER

Die Welt ist rund.
Weiß das auch meines Nachbars Hund?

31. DEZEMBER

Dem Hund diese Frage persönlich gestellt.
Er hat, wie sollte er anders, gebellt.

DAS VIERTE JAHR

(formale Epoche)

1. JANUAR

Die Welt nicht begriffen
und auf sie gepfiffen
(zwar nur
in Dur).

3. JANUAR

Fingerübung gemacht:

Ich begegnete
als es heute regnete
lauter Regenschirmen
aus Regenschirm=Firmen.

4. JANUAR

Pferderennen:

Nicht nur die Hengste,
denkste!
– auch die Stuten
müssen sich sputen.

5. JANUAR

Es ist ein Rhinozeros entsprungen,
irgendwo,
in einem Zoo.
Man hat es wieder eingefungen,
jetzt ist es wieder do.

1.-30. APRIL

Aprilstürme stürmten um die Wette,
Mariechen und ich blieben liegen im Bette
und pfiffen auf Farbband und Palette.

1. MAI

Tag der Arbeit.

Die beste Gewerkschaft
ist eine gute Verwandtschaft.

3. JUNI

Wohin auch die Schwabinger zielen,
sie landen stets in den Eisdielen.

Da gesehen vorbeiziehende Soldaten,
welche sangen, und gedacht:
Wo man singt, da laß dich ruhig nieder,
böse Menschen kennen keine Lieder.
In meinen Ohren aber klingen Weisen,
die leider das Gegenteil beweisen.

18. JUNI

War zu lange an der heißen Sonne.

3. AUGUST

Schrieb eine Ode an den Odenwald.
. . . . warte nur, bald . . . .
habe ich Goethes Berühmtheit erlangt.

4. AUGUST

Wir wollen nicht immer so still leben,
drum verkaufte Mariechen ein Stilleben.

10. AUGUST

Die Odenwald=Ode ödet mich an.

11. AUGUST

Schrieb an einem Paralipomenon.

13. AUGUST

i
chg
ingm
itme
inerpup
pez
uei
nergulas
c
hs
u
ppe

12. SEPTEMBER

Schrieb ein Drama
über ein Lama,
doch kein Theater wollte es spielen,
da ließ ich das Lama schielen,
und plötzlich hat es allen
ganz außerordentlich gefallen.

11. NOVEMBER

Die „Schielende=Lama"=Premiere
war eine riesige Misere.
Man bringt den Fall vor die Unesco,
Verteidigung: Ionesco.

31. DEZEMBER

Was meine Dichtung anbelangt:
Bis jetzt wurd' ich nicht dafür belangt.

DAS FÜNFTE JAHR

1. JANUAR

Katerkatarrh.

2. JANUAR

Siehe vor 5 Jahren.

3. JANUAR

und

weil ich jetzt das Träume s

Weil Bäume sich niemals auf

so

von einem Lindenbaum
Mancher hat bittere Träne
Unter Schwabings —
weiter

worauf sie schlaftrunken sagt
In Schwabing's C…ver
Verläßs … da

Undsoweiter

Am frühen Morgen Blut gespendet,
die erste Seite eines Bestsellers beendet,
und weil sich die Jahreszeit gewendet,
anschließend den Wintermantel verpfändet.

15. SEPTEMBER

Odeonsplatz:

Tauben gurren,
Grantler murren,
eine Magd aus Kirchseeon
frägt nach Herrn Odeon.
Der Himmel ist blau.
Ich auch.

2. DEZEMBER

Im Traum verreist
und Probleme eingekreist.

7. DEZEMBER

Ich habs!

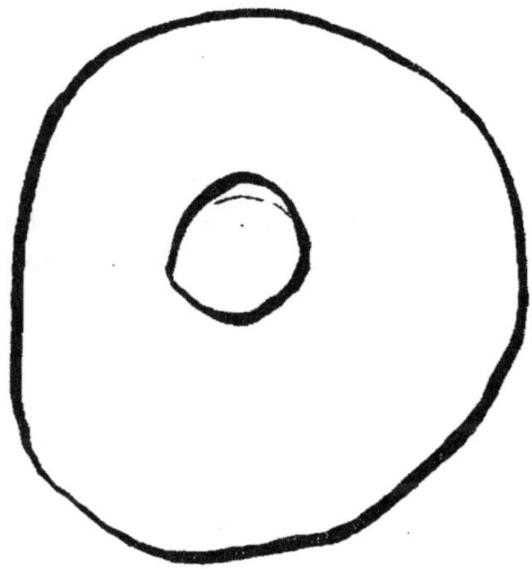

Kreis im Kreis oder Kreis um Kreis

Nachwort

DREI MANN IM DOPPELBETT: Die Dos Hermanos und Walter Rufer

Höhepunkt jedes Konzerts der Band „Dos Hermanos" ist der Moment, wenn José und G.Rag umständlich in ihren Hosentaschen nesteln und ein kleines blaues Buch herausziehen. Nach kurzer Absprache tragen sie dann, unisono heißt das glaub ich, Gedichte daraus vor. Meistens verhaspeln sie sich dabei und lachen. Das Publikum meistens auch. Nach dem Konzert verkaufen José und G.Rag, schön in schlecht sitzenden schwarze Anzüge gewandet, mit einem Glas Roten in der Hand, ihre Platten, und die Mädchen wollen dann immer wissen: Was ist das für ein Buch, woraus ihr da gerade vorgelesen habt und kann man das kaufen? Für die schönen Platten interessieren sich die Mädchen meistens nicht.

Gefunden hat das Buch der José, in irgendeiner Kiste, irgendwo im Osten. Es heißt „Der Himmel ist Blau – ich auch". Das Tolle ist, dass der José das Buch auch gelesen hat, und nicht schön in irgendein Regal gestellt und gleich wieder vergessen hat. Nein, der José hat es gelesen und hat sich halb totgelacht. Dann, die Dos Hermanos waren wieder mal auf Tour, hat der José es dem G.Rag vorgelesen. Sie lagen in einem Doppelbett in einer Pension in irgendeiner öden Provinzstadt und konnten nicht einschlafen. Als Gutenachtgeschichte sozusagen hat der José es dem G.Rag vorgelesen. Aber dann konnten sie immer noch nicht einschlafen, denn diesmal haben sich beide halb totgelacht. Am nächsten Tag, beim nächsten Konzert, haben sie es dann dem Publikum vorgelesen. Und das Publikum hat sich natürlich auch halbtot gelacht. Und seitdem lesen sie immer aus dem Buch, wenn sie gerade keine Lieder spielen. Anfangs lasen sie immer abwechselnd, weil sie nur ein Buch hatten. Dann hat ihnen ein Mädchen noch ein Buch geschenkt und seitdem lesen sie, wie heißt das noch, unisono. Wo das Mädchen das Buch gefunden hat, weiß ich nicht.

Geschrieben hat das Buch ein gewisser Walter Rufer. Und wenn er wissen würde, dass er jetzt der dritte Mann in einem Duo ist, würde ihn das wahrscheinlich freuen. Ganz bestimmt. Weiß er aber nicht, ist nicht aufzutreiben, der Mann. Geschrieben hat er das Buch Anfang der 60er Jahre in München, besser gesagt in Schwabing. Da hat er sich herumgetrieben. Als Schauspieler. Und Dichter. Und getrunken hat er wohl auch. Bier und vielleicht auch manchmal ein Glas Roten. Schließlich war er Schweizer, das heißt vielleicht, sogar ziemlich sicher. Eines seiner Gedichte hat er dem Erich Kästner gegeben, der hat sich wohl nicht wirklich dafür interessiert, was ihn geärgert hat, den Rufer, und er hat ihm einen zornigen Brief zurück geschrieben. Gewohnt hat er für einige Zeit in der Maximilianstraße.

Na, auf jeden Fall spielt er jetzt mit in einer Band. Und das in seinem Alter. Das ist schon toll. Deshalb gibt es das Buch jetzt wieder zu kaufen, und Musik von den Dos Hermanos ist auch mit drin. Jetzt können die Mädchen zwei Fliegen mit einer Klappe schlagen, oder besser gesagt drei ...